Viktor von Schulz

DIE ELEFANTENKÜCHE

AF235591

Viktor von Schulz

DIE ELEFANTEN-KÜCHE

Das Kochbuch für die wirklich ganz großen
Gerichte mit den kleinen Schweinereien

editionViktor

Viktor von Schulz: Die Elefantenküche.
Das Kochbuch für die wirklich ganz großen Gerichte
mit den kleinen Schweinereien.
Edition Viktor. Book written on Demand.
BwoD Nr. DE23-0161

Leseprobe. Dieses Buch ist ein Book written on Demand
Produkt von Marcellus M. Menke im Rahmen des
Projekts „buchmanufaktur.m4art.de".
Weitere Informationen über Book written on Demand
und das Projekt buchmanufaktur.m4art.de finden sich
unter: www.buchmanufaktur.m4art.de
Produktion: Creativity Cologne, Marcellus M. Menke
marcellus.menke@m4art.de, © 2018 Marcellus M. Menke.
Alle Rechte vorbehalten

Bibliografische Information der Deutschen
Nationalbibliothek: Die Deutsche Nationalbibliothek
verzeichnet diese Publikation in der Deutschen
Nationalbibliografie; detaillierte bibliografische Daten
sind im Internet über www.dnb.de abrufbar.

Covergestaltung, Grafiken, Layout und Satz:
Creativity Cologne, Marcellus M. Menke

Herstellung und Verlag:
BoD – Books on Demand, Norderstedt

ISBN: 9783752820904

Zuhause in der Welt des großen Geldes

Wallstreet-Soufflee

Eine Mega-Bank und einen ausreichend großen Investmentfond in sechs etwa gleichgroße Stücke aufteilen. Mit Salz und Pfeffer bestreuen und dann nacheinander jeweils einen Teil der Bank auf einen Teil des Investmentfonds legen, vorsichtig zusammendrücken, von allen Seiten gleichmäßig mit Butter bestreichen und in eine gut gefettete ausreichend große Auflaufform legen.

Zwei Weltbank-Gutachten und ein Gutachten des internationalen Währungsfonds in feine Streifen schneiden, gut wässern und mit etwas Salz und viele Zucker etwa 1 ½ Stunden auf kleiner Flamme köcheln lassen.

Die entstandene gallertartige Masse mit
einem Schneebesen aufschlagen bis
sie schaumig ist. Die schaumige Masse
über den Stapel von Mega-Bank und
Investmentfond-Teilen geben und in
etwa 55 Minuten bei 250 Grad goldgelb
aufbacken. Heiß servieren.

Variation: Mega-Bank und Investmentfond
in kleine Würfel schneiden, über Nacht
in einer Marinade aus Subventionen,
Rentenpapieren und veruntreuten
Fond-Geldern gut durchziehen lassen.
Am Morgen die Marinade abgießen
und die Würfel von Mega-Bank und
Investmentfond bei leichter Hitze
in einer Brühe aus Dementis und
Gegendarstellungen solange köcheln
bis sie gar sind. In eine gut gefettete
Auflaufform geben und wie oben
beschrieben mit der aufgeschlagenen
Masse aus Weltbank und IWF-Gutachten
bedecken und in 15 Minuten bei 350 Grad
goldgelb aufbacken. Heiß servieren.

Dazu passt ein vollmundiger Rotwein
oder auch ein trockener Weißwein.
Zum Nachtisch ein Sorbet aus nicht
eingetroffenen Wachstumsprognosen und
falschen Renditeversprechen reichen.

In der Welt der Mächtigen

Diktatoren
Smoothie

Dieses Smoothie ist schnell und einfach zubereitet. Es ist schmackhaft und erfrischt. Die Zutaten finden sich in jedem diktatorisch geführten Staat oder lassen sich leicht beschaffen.

Man nehme zwei, am besten, sofern noch vorhanden, drei, Oppositionsführer und mindestens acht Mitglieder von oppositionellen Parteien. Gut waschen, von Schmutz, Staub und eigenem Willen befreien.

Die Zutaten, zusammen mit einem Stapel ausländischer Zeitungen und der internationalen Erklärung der Menschenrechte in ein ausreichend großes Gefäß geben und mit einem kräftigen Pürierstab solange bearbeiten, bis eine homogene feine Masse entsteht. Frisch zu sich nehmen.

Variation: Dieses Gericht kann auch aus ehemaligen Regierungschefs befreundeter Nationen zubereitet werden. Vom russischen Präsidenten ist bekannt, dass er dieses Gericht auch gerne mit einem deutschen Altkanzler zubereitet.

Strong-Man-Cake

Klassischer Fleischkuchen

Man nehme, je nach jahreszeitlicher
Verfügbarkeit, zwei bis drei gut gebaute
Türsteher mit mäßiger Intelligenz
und viel Erfahrung in der örtlichen
Kleinkriminellenszene, dazu zwei
Drogenhändler und einen kleinwüchsigen
Zuhälter mittleren Alters, nicht zu mager.

Die Zutaten mit einer grobborstigen
Gemüsebürste unter reichlich frischem
Wasser reinigen und für mindestens zwölf
Stunden, am besten über Nacht, an einem
kühlen Ort, in Salzwasser einlegen.
Gut abtropfen lassen, dann Haut
und Knochen, so wie die Innereien,
insbesondere Herz und Hirn, entfernen.

Die Zutaten in kleine Würfel schneiden,
mit fein gehackten Zwiebeln, Knoblauch,
Paprika und Chili würzen. Nach Wunsch
auch frisch gehackten Majoran,
Basilikum und Rosmarin dazu geben.

Die Fleischstücke mit den Gewürzen
gut vermischen und für mindestens
eine Stunde kalt stellen, damit alles gut
durchziehen kann.

Von zwei überregionalen Tageszeitungen
alle politischen Artikel mit 30.000 kg
Pech schwärzen. Die geschwärzten
Tageszeitungen kleinschneiden, mit

zwei Esslöffeln Olivenöl kurz andünsten und dann, unter ständigem Zuführen von weiterem Öl, zu einer sämigen Paste verarbeiten.

Die Paste zu den Fleischstücken und den Gewürzen geben und in der Küchenmaschine zu einem Teig verkneten.

Von einer Stalin-, Lenin-, Mussolini-, Cäsar-, oder wenn verfügbar, Hitler-Statue einen Gipsabdruck machen. Den Abdruck gut fetten und mit dem Teig aus der Küchenmaschine füllen. In den Kopfbereich statt der Fleischmasse frisch gehacktes Stroh füllen und mit einer Schicht aus dünn ausgewalzter Fleischmasse überdecken, damit später das Stroh nicht sichtbar wird.

Sechs Tage, zwölf Stunden und fünfundvierzig Minuten bei gleichmäßiger Hitze von 380 Grad im Ofen garen lassen. Aus dem Ofen nehmen, mit Preiselbeeren garnieren und heiß servieren. Sofort verzehren, ansonsten besteht die Gefahr, dass der Fleischkuchen versehentlich zum Präsidenten, Kanzler oder Minister gemacht wird.

Reste in einer mit Aluminiumfolie
bedeckten Glasschale im Kühlschrank
verwahren und innerhalb von zwei bis drei
Tagen verzehren.

Landestypische Variationen:
Die gebackene Fleischmasse statt mit
Preiselbeeren, mit Wodka (Russland) oder
Whisky (Amerika) beträufeln. Wegen der
Strohfüllung ist davon abzuraten den
Fleischkuchen zu flambieren.

Umwelt, Natur und Verkehr

Belgischer Nuklear Trüffel

Vier belgische Atomkraftwerke, abschalten, das Kühlwasser ablaufen lassen und mit einem großen Löffel die Reaktorkerne vorsichtig herausschälen. Darauf achten, dass die äußere Ummantelung der Reaktorkerne (Reaktordruckbehälter) nicht beschädigt wird. Die herausgeschälten Reaktorkerne mit einem Küchentuch trocken tupfen.

Die Risse in den Reaktordruckbehältern von außen mit vier Tonnen extrafeiner Nussnougatcreme ausspachteln und mit sechs Tonnen Schokoladenkonfitüre übergießen. Dann die Reaktorkerne nacheinander in einer Mischung aus karamellisiertem Zucker und fein gehacktem Zitronat wälzen und mit einer weiteren Schicht aus geschmolzener Schokoladenkonfitüre überziehen. Nach Belieben mit fein gemahlenem Plutonium Pulver oder Uransplittern bestreuen. Einige Stunden kalt stellen, damit die Schokoladenkonfitüre schneller fest wird.

Variation: Trüffel mit Schuss.
Das abgelassene Kühlwasser mit Rosenblättern und Orangenöl aromatisieren. Im Verhältnis 1:3 mit einem guten Rum, mindestens 60% Vol., mischen. Die Reaktorkerne darin zwei Tage, sechs Stunden und 25 Minuten einweichen lassen. Dann wie oben beschrieben die Risse mit der Nougatcreme ausspachteln und die Reaktorkerne mit Schokoladenkonfitüre, karamellisiertem Zucker und fein gehacktem Zitronat ummanteln.

Hinweis: Manchmal geben einige Reaktorkerne auch nach dem Herauslösen aus dem abgeschalteten Kraftwerk noch übermäßig viel radioaktive

Strahlung ab. Das führt dazu, dass die Schokoladenkonfitüre nicht so schnell fest wird und sich manchmal unschön verfärbt. Dem kann durch Zugabe von Jod entgegengewirkt werden. In den meisten Ländern, in denen Kernkraftwerke stehen, werden Jodtabletten kostenlos an die Bevölkerung ausgegeben, können aber auch in jeder Apotheke erworben werden. Die Jodtabletten einfach in einem Mörser zerkleinern und unter die geschmolzene Schokoladenkonfitüre geben. Wenn die Masse sich durch die Zugabe des Jodpulvers zu sehr verfestigt, die gleiche Menge Schmieröl hinzugeben. So wird die Masse schnell wieder geschmeidig.

Belgische Nuklear Trüffel
sind sehr mächtig.

Würzige SUV-Hälften

Pro Person drei bis vier übergroße Mittelklasse SUV mit reichlich frischem Wasser gründlich waschen und mit einem Küchentuch vorsichtig trockentupfen. Die SUV mit einem großen scharfen Messer längs in zwei gleiche Hälften teilen.

Achtung: Verletzungsgefahr wenn das Messer bei einem zu schnell geführten Schnitt direkt auf den Motorblock trifft! Dieser ist in der Regel so hart, dass er nicht durchgeschnitten werden kann. Er lässt sich aber, nachdem man die beiden Hälften des SUV voneinander getrennt hat, meist leicht mit einem Löffel herauslösen. Bitte in Küchenpapier einpacken und direkt über den Hausmüll

entsorgen, damit er nicht versehentlich
mit verwendet wird.

400 Tonnen Zwiebeln und 250 Tonnen
Knoblauch abziehen, in kleine Würfel
schneiden, kurz mit etwas Olivenöl
andünsten und mit Pfeffer, Salz und
im Mörser gemahlenen Chili Schoten
würzen. Etwa 10 Tonnen Emmentaler
Käse in kleine Würfel schneiden und zügig
unter die erkaltete Masse aus Zwiebeln
und Knoblauch rühren. Die Masse in
die Aushöhlung geben, die durch das
Herauslösen des Motorblocks entstanden
ist. Die so gefüllten SUV Hälften mit der
Schnittfläche nach oben nebeneinander
auf ein mit Olivenöl gefettetes Backblech
legen und mit einer Mischung aus Öl,
Salz und fein gehackten Abgasgutachten
bestreichen.

Den Backofen auf 1.425 °C vorheizen, das
Backblech mit den SUV-Hälften auf die
mittlere Schiene des Ofens einschieben

und ca. 40 bis 50 Minuten garen. Darauf achten, dass die Schnittflächen nicht zu dunkel werden. Gegebenenfalls mehrfach während des Garprozesses mit der Mischung aus Öl, Salz und fein gehackten Abgasgutachten bestreichen.

Variation: Sollten keine aktuellen Abgasgutachten verfügbar sein, lassen sich auch gut Fahrzeugkataloge, insbesondere die Seiten mit den Angaben zu den Verbrauchswerten, trocknen und anschließend im Mörser fein pulverisieren um damit die SUV-Hälften zu bestreichen.

Gefüllter Chemie Monopolist

Von einem internationalen Chemie Giganten einige nicht so bedeutende Teile herauslösen und zu einem völlig überhöhten Preis an die Konkurrenz verkaufen. Den verbliebenen einzigen ernstzunehmenden Mitbewerber mit einer kräftigen Gemüsebürste und reichlich Wasser von seinem Namen und seinem schlechten Ruf befreien. Überstehende Teile zuschneiden. In den Chemiegiganten mit einem scharfen Messer seitlich einen ausreichend tiefen Schlitz schneiden. In die entstandene Tasche den gereinigten und von allen Seiten gut mit Senf bestrichenen Mitbewerber füllen, mit Kochgarn vernähen oder mit Holzstäbchen zustecken.

In einer Pfanne etwas Sojaöl erhitzen.
Den gefüllten Chemiegiganten kurz
von allen Seiten gleichmäßig anbraten.
Nach der Anweisung auf der Packung
zwei Millionen Tonnen Herbizide und 45
Milliarden Tonnen Pestizide anrühren, in
einen ausreichend großen Topf geben,
zum Kochen bringen. Den angebratenen
gefüllten Chemiegiganten bei leichter
Hitze in der Mischung aus Herbiziden und
Pestiziden ca. 125 Minuten gar ziehen
lassen. Mit gedünsteten Champignons
und frischer Petersilie servieren.

Hinweis: Auch wenn die Zubereitung
an sich einfach ist, ist dieses Gericht
doch etwas für den erfahrenen Koch
der Elefantenküche. Die Zutaten sind
außergewöhnlich groß und weltweit nur
in geringer Stückzahl verfügbar. Wenn
bei der Zubereitung eine Zutat verdorben
wird, kann nicht ohne weiteres Ersatz
beschafft werden.

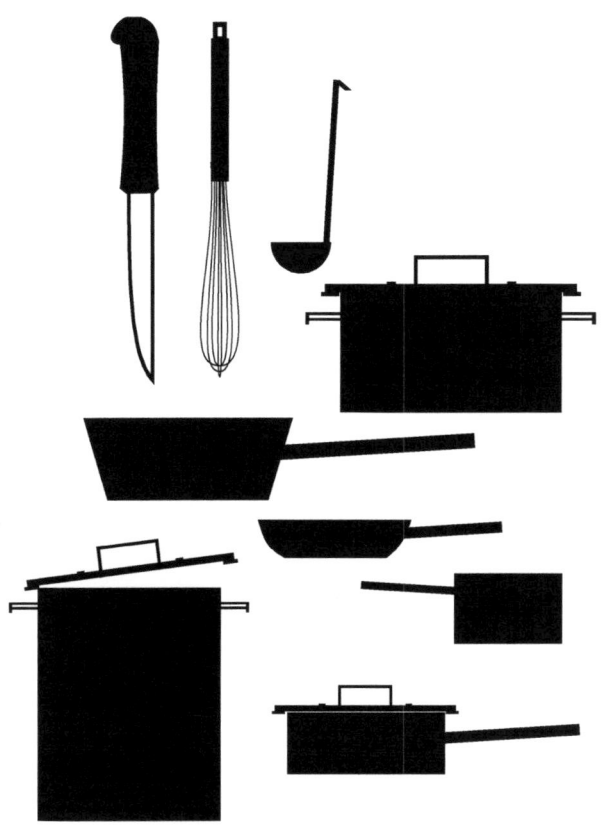

Kleiner Küchenratgeber für die
Elefantenküche

Küchenratgeber

Töpfe, Pfannen, Tiegel, Auflaufformen:
In der Elefantenküche werden
überwiegend große Zutaten verarbeitet.
Achten Sie bei der Zubereitung der
Rezepte immer auf ausreichend großes
Kochgeschirr. So kann nichts überkochen
und Herd und Ofen bleiben sauber.

Qualität der Zutaten:
Einige Zutaten sind exotisch oder aus
der klassischen Küche nicht bekannt.
Achten Sie beim Einkauf auf Frische und
gute Qualität, dann ist das Kochergebnis
auch bei komplizierteren Gerichten stets
zufriedenstellend.

Utensilien:
Neben den klassischen Kochutensilien
wie Töpfen, Pfannen, Tiegeln, Messern,
Löffeln, Gabeln in verschiedenen Formen
und Größen sowie einem gleichermaßen
ansprechenden wie stabilen Porzellan
hilft Ihnen in der Elefantenküche bei der
Zubereitung ein Twitter-Acount und
die Telefonnummer des Chefreporters
der in Ihrem Heimatland erscheinenden
Boulevardzeitung.